KB116675

제목 없는 시

# 제목 없는 시

—

초판 1쇄  2020년 4월 27일
지은이  최범서
펴낸이  김영재
펴낸곳  책만드는집

—

주소  서울 마포구 양화로3길 99, 4층 (04022)
전화  3142-1585·6
팩스  336-8908
전자우편  chaekjip@naver.com
출판등록  1994년 1월 13일 제10-927호
ⓒ 최범서, 2020

—

—

ISBN 978-89-7944-722-4 (04810)
ISBN 978-89-7944-354-7 (세트)

책 만 드 는 집   시 인 선 1 4 5

# 제목 없는 시

최
범
서

시
집

책만드는집

| 차례 |

3부

가을

1부

봄

# 무제 1

외통수였지
벼랑 끝에
핀 꽃

# 무제 2


어제 벙긋한 꽃
오늘 화들짝 폈다

오늘 시든 꽃
내일 떨어질 거야

아름다운 짧은 시간
인생의 봄도 그렇겠지

# 무제 3


복사꽃 벙긋한 사이로
벌·나비 분주하다

봉오리 열어 꽃술을
빨게 해달라고

서두는 일치고
사달 나지 않는 것 없거늘…

복사꽃에게 물었다
사랑이냐, 상부상조냐고

…침묵
긍정도 부정도 아닌 정황

세태의 제1막 제1장
시작이자 끝이었다

# 무제 4

남쪽 지방 두루두루
탁발 수행 마친 동백나무

남해
해변도로 가로수로 정착했다

온갖 번뇌망상
해풍에 씻어
바닷물에 헹구어내고

벼랑 끝으로 내몬 정진
붉은 단심의 꽃 피워

무심코 툭 떨구는
아, 돈오頓悟의 일장춘몽

깨달음마저 해탈한

동백 가로수

천년의 침묵
묵음으로 읊는다

# 무제 5

안 그러겠다고
다시는 안 그러겠다고

뿔비녀 빠져
쪽 찐 머리 풀어 헤쳐
시냇물 따라 떠나보내던

소박맞은 청상과부의
얼굴 까맣게 잊고
휘청거리던 머리카락만
떠오른다

50년 전 그때 그 시절
새벽잠 깨어
떠오르는 까닭
내사 모르겠다

이 봄 그 자리에
쑥부쟁이 어린순
수부룩이 솟아오르겠지
산천은 다섯 번 변했어도

참 지랄 같다
꿈이 아니어서

# 무제 6


노오란 개나리 꽃밭
생화 아닌 조화造花로 보이는 까닭

알 듯 모를 듯
아삼삼 흐르는 빛의
현란한
꽃시절은

사람 무리 물결로 흘러
빠져나가는
장마당 끝물 같은
빛어름이기에

조화調和가 생화인 게지

# 무제 7

재개발 지역이란다

공장 부지로 확정되었다지

땅이 뒤집히고, 소음 천지

하늘을 향해
배때기를 허옇게 드러낸 우리들

은혜로운 햇볕에 고사枯死하겠지

전멸의 두려움
지렁이들이 꿈틀거리기 시작했다

# 무제 8

화려한 벚꽃 축제
상춘객들의 물결, 윤중제*

동구 밖 네 그루의 벚나무
활짝 피어 쓸쓸하네

고아 자매 꽃술로
웃다가 울다가

상춘의 절정은 외로움

모여 모여 춤사위 펼치지만
상춘의 끝판은 지독한 고독

* 여의도 윤중로에서 열리는 벚꽃 축제.

# 무제 9

기쁨으로 만나
즐거움으로 보내고
충만이 줄어 떠난다

사람 일생이 축약된
봄
애틋하다

# 무제 10

조팝과 홍매가
하얗고 노오란 꽃을
서너 달 거리를 두고
다투어 피우고 있다

꽃을 피우는 사연
분명해 보이는데
내색조차 하지 않는다

다만 조화로울 뿐

봄이 돋보이는 까닭을 알겠다

# 무제 11


먼 데 산
아지랑이 사이를
벌이 날고 있다
소리도 들린다

눈으로 끌어와
눈앞에 두었다

벌 소리
사라지고
어지럽다

봄은 달팽이관의
이상 계절

# 무제 12

세계의 꽃이 다 모였단다
고양국제꽃박람회장

시간이 흐를수록
꽃들은 시들어가고

꽃의 이름으로
꼬인 인파
환한 표정의
꽃을 피운다

꽃은 아름다움의
외로운 표상

꽃에 그늘이 진다
사람과 어울리면

본디 태어난 자리가
그립다, 꽃들은

자연이 아름다운
향기인 것을
꽃들도 아는데,
인파는 무심코 흐른다

세상만사가 그렇다
꽃 잔치인 줄 알고

# 무제 13

양철 지붕에 떨어지는 빗방울
비의 절규다

이런 표현은 절망이다

마땅히 퇴출되어야 할 시다

슬그머니 스며드는 감동
빗방울 소리

시는 표현하는 순간
본령을 잃는다

해무처럼 번지는
그 무엇의 촉수를
노리는 건 감정의 장난

시가 퇴출될 수 없는
시대가 시를 망친다

시를 표현하는 수단으로
규범을 삼는 일,

비로소 퇴출의 진의를 알 듯 모를 듯

시는 가깝게 멀게
주위를 맴도는
바람 위의 상층권

# 무제 14

키 큰 벗나무에서
꽃눈이 내린다

바람 불어 꽃눈은
구름으로 날고

소녀의 하얀 꿈
앙가슴이 시리다

꽃눈은 눈이 아니라
시린 꿈인 것을

# 무제 15

길가의 하얀 찔레꽃
봉오리 반쯤 벙글어 있다

지나가는 길손
눈을 찡긋하자

화들짝 화들짝
놀라 활짝 핀다

모든 세상의 꽃
받는 사랑으로 화려해지고
주는 사랑으로 지고 만다

# 무제 16

아버지가 어머니의 밭에 씨를 뿌려
싹을 틔우고 열 달 동안
정성껏 길러
세상 밖으로 이식移植한

나

세상사 확실한 것
단
한 가지도 없어

씨를 뿌리거나
밭이 되어

제 목숨값 하나
하고 떠나는
인생살이

세상은
탄생의 환희와
죽음의 비명으로
짜여

뚜렷한 자취 남기는
화석化石의 장場일지

단정 짓지는 말 일,
확실한 건 아무것도일 뿐

# 무제 17

바람이 향기를 내뿜었다면
세상은 지금보다 밝아졌을까?

바람이 역한 냄새를 내뿜었다면
세상은 지금보다 어두워졌을까?

바람은 향기와 역한 냄새를
퍼 나를 뿐 내뿜지는 못한다

바람이 향기를 실어 오는 날
사람들은 벌·나비 떼 되어
세상을 천국으로 만들고

바람이 역한 냄새를 실어 나르면
사람들은 뿔뿔이 흩어져
세상을 원망하며 분노하리

공·맹이 향기로운 사람 되기를
가르치고
노·장이 역한 냄새와
어울림의 이치를 가르친 것은
바람 탓이 아니리

아, 이제야 노·장이 공·맹보다
인간적임을 어렴풋이 알겠네
한참 늦은 나이이지만

# 무제 18

신혼 초
아내가 정색을 하고 말했다
사랑법을 아노라고

내가 흥분하여 알려달라고 하자
아내는 냉정하게 잘랐다
묻지도 넘보지도 말라고

살 만큼 산 어느 세월
아내는 악처의
주홍 글씨로 부각되었다

아직 살 날이
눈에 잡힐 무렵, 아내는
당신도 사랑법을 아는가 봐

나는 그제서야 깨달았다

사랑은 시달림의 공간을
넓히는 과정이라는 것을

나는 아내를 와락 껴안았다
아내는 웃음으로 답했다
연꽃처럼 보살처럼

# 무제 19

병신년, 여름
황매화 다시 피고
화살나무 단풍 물 져
한 울타리로 섰다

여름 떠나보내는
이별가의 주역
쓰르라미는
태어나지도 못했다

지구촌 사람들
더위 탓이라고
한목소리로 왕왕대지만

이 세상
있을 수 있는 것
있을 수 없는 것

따로따로 구분 지을 수 있는 것
있었던가

하지만 자연은
탐욕이 지나친
이상 기온이라고
침묵으로 말하며
경고하노니,

탐욕과 무욕은
동의어 아닌지
고민해보란다

입이 하늘에 떠
붕붕대지만 말고

# 무제 20


넋두리는 청승맞다
하지만
봄비 온 후엔
썩 감칠맛 난다


남새밭 울타리 밑
지난 초겨울 묻은
동백 씨앗
빗소리에 기지개 켜고
땅 위로 솟고


시든 남새밭 채소
녹색 앞치마에
은구슬 담아 어르고


때맞춰 우는
청개구리 떼울음

넋두리 한번 허벌나다

남새밭가에 선
주인 할머니 휘휘 돌아보고
영감, 보고 듣소? 묻고는
옆구리 허전하고 껄쩍지근허요, 한다

할머니에게 남새밭은
남은 생애의 넋두리밭이다

# 무제 21


재주꾼은 넘쳐터지지만
인격이 없는 나라
사람들

죄를 짓고도 죄를 몰라
고개를 뻣뻣이 쳐드는 나라
사람들

젊은이들은 희망이 둥글어
잡히지 않는다고
헬조선을 외치는 나라
사람들

노인들은 자기네들 시대보다
썩은 냄새가 진동한다고
코를 푸는 나라
사람들

그래서 어쩌란 말이냐고
낄낄낄 웃어대다가
좀비가 된 나라
사람들

희망을 절망으로
좀비들로 절벽을 쌓는 나라
사람들

나라를, 사람들을
막가파로 몰고 가며
막말의 홍수를 쏟아내는
거짓말의 나라
위정자, 정치가들

지들끼리 북 치고

장구 치고
장마당이 텅 비어도
투명인간으로 남는
나라 사람들

좀비들이 쌓은
절벽 앞에
사람들이 모여
나라를 찾는다

나라는 희망이
보이지 않고
땅덩이는
오장육부가 경직되어
돈돈돈 파르르
떠는,
참새 대가리로

뒹굴고 있다

이, 대명천지에
돈 때문이라고

# 무제 22

우장 입은 암탉같이
어깨는 축 처지고
얼굴은 웃고 앉아
고집스럽게 말을
홍수처럼 쏟아내는
그 여자

정작 비가 내리면
날개 접으려나

그 여자에게 시간은 한정되어 있다
실없는 말은 스치는 바람인 것을
그 여자는 아는지 모르는지

# 무제 23


키 작은 소녀,
대추나무 밑을 지난다

누구와 통화하는 목소리
탱탱하고 싱그럽다
대추 볼이 불그레 물들 무렵

# 무제 24

갓난아기가 창가를 본다
감꽃이 아름다워
옹알옹알 옹알이한다

아기가 엎드릴 무렵
감꽃은 열매를 맺어
풋감으로 성장했다

무럭무럭 자란 아기
앉아서 창가를 보니
제 주먹만 한 감이다

더는 참을 수 없어
두 주먹 불끈 쥐고 일어섰다

감은 홍시가 되어
아기를 본다, 투명한 얼굴로

아기는 용기를 내어
홍시를 보고 한 발 떼다가
엉덩방아를 찧고 만다

홍시는 떨어지고,
아이는 내년 이맘때쯤
감나무 밑에서 입을 벌리고 있겠지

# 무제 25

늦가을, 차가운 개울물 소리
신새벽 유리에 금이 가는
소리로 갈라진다

한낮엔 여유로운
워낭 소리로 들린다

황혼 무렵
개울물 소리,
한 굽이 회한을 품고
더디 흐른다

소문난 풍년의 가을 벌판
알찬 수확은 아닐지라도
여유로운 상징이면 소중하지

밤, 귀뚜라미 소리

어미 찾는 소리로 흐른다

봄, 여름, 그리고 가을
희비극 아닌
계절의 매듭을 풀어

겨울 물소리
사계절의 애환을 노래한다

# 무제 26

꽃이 아니어도 세상은 아름다운 법
추함과 아름다움은
본색이 다르지 않으리

화장을 지운
우아한 여인의 얼굴
미추美醜를 어이 가리리

사계절의 미추를 비교할 수 있을지

봄이 오면 동토를 비집고 땅 위로 솟는
환호성의 미추는?
여름, 바람 물결에 물살같이 흔들리며
속삭이는 신록의 숲, 미와 추는?

가을, 오색 단풍 땅에 떨어져
본디로 돌아가고 싶어 하는

신음 소리의 본성은?

겨울, 산야에 쌓인 순백의 눈,
눈 시린 절정의 아름다움 속
시리디시린 빙속의 마음은?

이 세상, 눈에 보이는 꽃보다
마음·가슴·머리로 피우는 꽃이
아름답지 않으리

하지만 꽃아, 오므리고 피지는 마라
꽃과 욕망은 미추의 관계보다
친근한 독소이므로

# 무제 27

길은 끝이 있다
가는 방향을 모를 뿐

길은 끝이 없다
되돌아오기 때문

산길은 가파르고
물길은 숨이 차다

길은 직접화법이다
때로는 간접화법이기도

길은 닦는 자의 것
답이 아니라 숙제다

2부

여름

# 무제 28

그는 숨을 크게
한 번 내쉬고
이승을 떠났다

한숨이라고 속단하지 말라
먼 훗날 이승으로
다시 오는 날
큰 숨 쉴 것이니

이승과 저승은
큰 숨 한 번 쉴 만큼의
가교이기를,

그의 유언이다
영원히 풀리지 않을
수수께끼의 유언

# 무제 29

왕릉의 소나무들은
하나같이 늘어지거나 굽었거나 휘어져 있다

임금과 왕비는 저승에서도
백성들을 달달 볶는가 보다

지금이라고 다를까 보냐
광복 이후
이 나라 대통령들은
하나같이 국민들을
달달 볶아 불안하게 다루었지만

이승의 소나무들은
곧고 푸르러 기상이 시퍼렇다
그나마 나라 기울지 않은 상징이다

저세상에 가서도

대통령과 영부인들은
소나무들을 늘이고 굽히고 휘지 않는지
아직은 모르겠다

무덤 주변에 소나무들이
서 있는지조차 모를레라
아마도 소나무들이 서 있기를
거부할 것 같다
아니면 고인들이
소나무들을 까맣게 잊었을지도 모르리

# 무제 30

50대 여자 셋이서
입으로 등산을 하네
입성은 아웃도어
파랑·빨강·노랑
색상은 3색

한 걸음 떼어놓고
재잘 재잘 재잘
두 걸음 전진하고
까르르 까르르

가슴 깊숙이 묻어둔
세상사
가물거리는 기억
토해내고 게워내어
풀어도 풀어도 끝이 없네

종국에는 세상 마감하는
입버릇
벌써 북망산을 다녀오고도 남을
입놀림

그네들의 산이
그 자리에 꿈쩍 않고 있어
천만다행이네
그녀들의 입, 두려워라

# 무제 31

늙는다는 것
노인이 된다는 것
추월하다가
추월당하는 것 아니겠어

젊은이들에게 추월당하고
화창한 햇빛에 추월당하고
흐린 날 구름에도 추월당하지

이걸 어쩌랴
그 누구도 따르지 않을 수 없는
엄숙한 자연법이거늘

하지만 걱정일랑 말 일이다
무엇에고 추월당해도
단 하나
내 그림자가 뒤따르며 속삭이네

바쁠 것도 욕심부릴 것도 없다고
이만큼 살아봤으면 알 것 아니냐고

나는 그림자를 거느린
이해와 아량과 포용력이 바다 같은
아직은 숨 쉬는…

# 무제 32

어젯밤, 떨어진 낙엽
수북이 쌓여 발목을 덮는다
거친 바람을 탄 탓이다

두렵다거나 서글프다는 말
행여 내뱉을까 부끄럽다
지극히 자연스러운 순리이거늘

2016년 11월 12일
광화문 일대에 모인 인파
권력을 내려놓으라는 함성

청와대를 포위하여
비구름으로 떠돈다

권력은 남의 심장만을 찌르지 않는다
자신의 가슴에도 꽂히는 칼이다

권력이 떨어지면
공중에서 산화한다
알기에 칼날을 움켜쥐고
내놓기 어렵다

하지만 어쩌랴
떨어진 낙엽은 흙으로 돌아가지만
산화한 권력은 악명으로 남는 것을

자연의 이치와 순리를 알고
권력에 도전할 일이다
떨어져도 흙에 묻힐 수 있도록

# 무제 33

2014, 갑오년
4월 16일
세월호 침몰은 인재였다

그녀의 권력은
세월호를 타고 흔들렸다
거센 함성의 파도가 시작되었다
2015, 을미년
메르스 사태로 권력은 미적거렸다

2016, 병신년
세월호는 미궁을 헤매고
애매모호한 권력은
민낯을 드러냈다

120년 전 갑오년의
동학농민혁명 당시

민중의 동요가 기억나느니

'갑오세 가보세
을미적 을미적
병신 되면 못 가리'

농민혁명군이
내 뒤통수를 강타한다
병신년이라고!
미친 권력은 끝장났다고!

# 무제 34

권력을 손에 쥔 자
누리지는 못한다
아성을 쌓을 뿐

누리는 자는
하수인들이다

권력의 성이 무너지는 날
하수인들은
갯벌의 뻘게처럼
살 구멍을 찾아
뿔뿔이 흩어진다

성주는 벌거벗겨진 채
성을 나오지만
천지에 갈 곳이 없다

권력이 유리창이란 걸
알았더라면
벌거벗지는 않았을 걸

개미군단은 증권시장을 노린다
나나니군단*은 권력을 쏜다

역사는 권력투쟁의 반복이거늘
2016년 대한민국의 권력은
자매 아닌 자매끼리
언니 먼저 동생 먼저였다
알다가도 모를 일

국민은 역사 앞에 늘
고달픈 사역자란 말인가


* 나나니는 벌을 말함.

# 무제 35

올해의
마지막 잎새마저
떨군 나무

월동 준비를 끝내고
봄맞이에 들어갔다

구십객 어머니는
상추가 먹고 싶다며
통배추를 사 오란다

계절보다 앞선 미각
혹한이 부드럽다

# 무제 36

여자의 생식기는
미추美醜의 결정판

지극한 사랑과
꿈으로 빚은 생산은
여성 최극의 아름다움

사랑만을 향유하고
생산을 멀리하거나
사랑을 모르고 생산만을
앞세운 의무라면
슬픈 자화상일 뿐

여자의 생식기,
장식품이라면 이 세상의
원죄일까 희망일까

# 무제 37

낙엽이 쌓인
11월의 오솔길

외롭지 않은 길이 있으랴만
혼자 가는 길을
속단하지 말지니

한쪽으로 기운 머리채
내리깐 눈이
매혹적인 여인

서릿발 밟고 가는
발자국, 날카롭다
스쳐 지나며

무슨 상념
담고 있을지

하, 궁금하다
물을 수 없어

나도
혼자 가는 길이기에

다만
무서리의 결이 곱다

# 무제 38

현장에 갈 수 없었다
착한 군중, 선한 촛불의
흔들림
서럽고 황홀하여서

이튿날,
광장을 차마 볼 수 없었다
깨끗이 청소된
빛나는 맨얼굴이
미안하고 부끄러워서

경복궁 뒤 푸른집에서
음모와 거짓말이
꼬리에 꼬리를 물고
이어지는데

본디 그대들의 집이 아니거늘

음기 그대로인 채
광화문광장으로
나오라

음모와 거짓말균
정직한 바이러스로
치유될 터
늦었지만 서둘러 나오라

# 무제 39


우리나라 토종
구상나무가
위기에 처했다

폭풍 폭설과 맞서
전투를 한다

가지와 이파리가
찢어지고 떨어져 흩어져도
구상나무는 흔들리지 않는다

전투가 끝나고
햇빛 쨍한 한낮
구상나무끼리
대화를 나눈다

우리끼리는

살 만한 세상이지

암, 그렇다마다

사람들이 쳐들어왔어 봐
뿌리를 뽑고
몸통을 싹둑 자르잖아

아유, 소름 끼쳐
인간 세상의
잔인하고 혹독한
몸무림이여

# 무제 40

낯익은 고샅
낯선 황구가
나를 보고
꼬리를 세우고
노려보네

허리 굽은
할머니
눈 비비고
누구냐고 묻는다

알 듯 말 듯,
아슴아슴
기억을 톺아보는
고향 나들이
쨍한 햇볕이
하늘만큼 서럽다

# 무제 41

절망의 끝자락에
꽃은 피고

희망의 끝자락에
꽃이 진다

희망과 절망은
순환동의어

이 세상 끝날 때까지
길동무려니

# 무제 42

하늘이 눈부시게
푸르른 날
나는 호수 속
어족이 되어
자유롭다

하늘이 속진에
덮여버린 날
나는 미물이 되어
벼랑 끝 구멍 찾아
헤맨다

# 무제 43

희망·자유·평등
이 해맑은 낱말들은
기류와 같다
융합이 어려운 소망

세월이 묽을수록
애완동물이 늘어나는
까닭을 알 것 같다

# 무제 44

화창한 봄
소리 없이 다가오는 미풍
만개한 꽃마을
형형색색
리듬을 타고 흐르는
사유思惟의 향기

꽃다워라
아름다운 율동
창공이 흐리도록
원죄의 자태
어디로 향한 미혹인가
알 길 없는 숨 막힘, 정적

# 무제 45


이 세상
너는 있고 나는 없다면
아니다,
너는 없고 나만 있다면
그도 아니다
나도 있고 너도 있어
그 사이
화원을 두고
서로 마주 보고서
향기 스며
는적일 때쯤
못난 호박꽃으로
피어난대도
그 아니 좋으랴
눅진 세상일진대

# 무제 46

꿈이 머무는 곳에서 시작하기로 했지
내 인생을

틀리지는 않았으나
현실이 떠나고

꿈을 꾸면 시작하기로 했지
긴 여행을

틀렸지만
마음이 닿지 않고

꿈을 꾸면 떠나기로 했지
이 세상 미로를 찾아

망상은 아니었으나
뜬금없는 착각

꿈은 꿈일 때
아름다운 천국

꿈이 내게로 돌아오는 날
꿈은 꿈이 아닐세

새벽에 깨어나
꾸지 않은 꿈을
기다리는 나는
꿈속에서 사는 것일지 몰라

꿈은 망상 아닌 환상
놓치고 싶지 않은 망상일 때
꿈이 내게로 오지 않아
잡힐 듯한 환상일까

# 무제 47

벚꽃 동산
화려함의 극치로 치닫다가

뜬금없는 회오리에 휘말려
떨어진 꽃
꽃눈밭이 되었다

꽃눈밭은
사각사각
사각거리는
비명도 없이
슬픈 눈의 꽃은
숨을 죽이고 기다렸다

나는 잎이 무성해진 후에야
꽃이 바람에 떨어지지 않고
스스로 순교함을 알았다

꽃은 이파리보다
무성하였으므로

화려함이
평범한 진리를
덮을 수 없음도
그러려니 하고 숨을 고르는,
자연 순환, 돈오의 시간

# 무제 48

자칭 도사道士,
꽃밭에 쭈그려 앉은 여인
뒤태에 시선이 꽂혔다

어디쯤 겨냥했을까

바람 건듯 불어
우수수 꽃잎 떨어져
여인을 덮친다

무슨 꽃일까?
꽃은 본디
이름이 없다
나무가 나무인 것처럼

여인, 뒤돌아서
일어섰다

뒤태가 아름다운
여인 아닌
사내였다

순간, 내게 꽂히는
도사의 시선
흔들림이 느껴졌다

도사는 알았을까?
기상奇想이 녹슬어
기색氣色이 흐려진 것을

봄은 그저
계절의 흐름을 탈 뿐
본령은 알 수 없는
한때의 풍경

# 무제 49

주춤주춤 커버린
미루나무 끝
이파리에 가린
푸른 하늘

내 발밑에 있다
그림자로

겸손할 일이다

# 무제 50

눈빛이 새하얀
별들이
지구로 줄줄이
나들이를 떠나

한반도 남녘 땅
조팝나무 군락에
내려앉아
잠시 쉬어 간다는 게
그만 깜빡 졸아
꽃이 되었다

눈이 부셔
이가 시리다

# 무제 51

이 세상
좋고 아름다운 말
기쁨 주고 사랑 주는 말

심지어
더럽고 추악한 말
악하고 살인적인 말

망각의 깊은
여울에 떠내려 보내고

이제 남은 건
죽음의 두려움뿐
이것마저
여울에 던져버리고

여생을

사람으로 살고 싶다

망각은
삶의 여울
시원始原이었으니

# 무제 52


붉은 장미를 보았지
과거의 새벽 꿈에


짙은 사랑을 나누었고
오늘 새벽 꿈에


산과 바다를 끌어안고 싶다
미래의 새벽 꿈에


황금박쥐야
새벽에만 날아라
꿈의 변주곡 타고서


절망과 희망이 교차하는
그 지점에서


꿈은 거울에 비친

얼굴 없는
자기모순
어쩌면

# 무제 53

내가 사랑한 꽃은 칸나였다
선홍빛 칸나

내가 저를 잊지 않았거늘
칸나는 만인에게로 달려가 버렸다

짝사랑은 본디 그런 것

세상의 온갖 꽃들을 사랑하고 싶다
하지만
예쁘다고 곱다고 사랑스럽다고
내 마음을 알릴 수 없다

사랑은 독소가 있기 때문

나는 안다
내 마음의 탐욕을

탐욕이 뽑히지 않는 한
모든 좋아하는 것들은
짝사랑으로 끝날 수밖에

짝사랑은 탐욕의 근원이므로

아, 뽑아버릴 수 있다면
세상의 꽃들이 내게 다가올 수 있으련만
탐욕은 영혼의 향수일까

# 무제 54

1
둘레길 나무 계단 가운데
잘생긴 바위 하나
죄인처럼 칼을 쓰고
목책에 갇혀 있다
돋보이는 남근석이다

2
지인이 권력 주변에
숨어 있다는 소문이 난
무심한 어느 날
세상 시끄럽게 이름 석 자
노예가 되어갔다

3
남근석은 몸통을 한 바퀴만 굴렸어도
둘레길 가장자리에 있거나

둘레길이 남근석을 비켜 갔더라면
나무 계단에 갇힌 노예가 되지 않았을 터
남근석과 지인이 이 지경이 됐다

4
누구 탓이 아닌,
그 자리를 피하지 않았거나
목을 내밀었거나
원인 제공을 한 셈
한세상
진 데 마른 데가 있는 법

3부

가을

# 무제 55

바람에 꽃잎이 떨어져
어디에 내려앉은들

나비의 꿈이 되랴
부처꽃이 유혹하랴

혹서의 가혹한 폭력
무너져 내리는 감성 무덤

# 무제 56

오르막은 가파르고
내리막은 숨 막힌다

길고 짧고
넓고 좁은 길이
대중 있으랴

하여 가는 길이
천방지축이로다

저녁놀 붉게 타
할근할근 다가오는 길

그 길이 황홀하여
근엄해지는 즈음의

생,
축복일지니

# 무제 57

장대비 쏟아져
배롱나무꽃 반개화
짙은 연분홍 꽃봉오리
낙화로 떨어져 만개한 채
어디론가 흘러가 버리다

# 무제 58

나는 추월당한다

고속도로에서
국도에서
오솔길에서

자동차로
자전거로
걸음걸이로

나는 추월한 적도 있다
까마득한 옛날이 아니라
몇 년 전만 해도

추월할 때는 몰랐던 일
추월당하며 알게 됐다

먼저 가고 쫓아가고 뒤늦게 가는
선순환의 이치를

추월은 욕망이 아니라
기의 발산이라는 것도

# 무제 59

나이 들면
목소리에도 주름이 진다

언덕 위
오래된 성당의
저녁 종소리

놀빛에 젖어
발갛게 물이 든다

목소리는 주름이 지고
종소리는 물이 드는

이치를 안다면
삶은 늘 새벽길일 거야

# 무제 60

파도 일지 않는
푸르른 바다 같은

구름 한 점 없는
파아란 가을 하늘을

창문 구멍으로 보고 싶다

꽉 닫힌 마음
구멍만큼 뚫리면

하늘도 바다도
늘 푸르게 보일 거야

# 무제 61

빛은 저 혼자 빛날 수 없다
빛이 닿는 그 지점
반사의 날개 힘껏 펼치는
순간의 현란함,
빛은 반사의 산물이다

해도 달도 별도
저 혼자서는 빛을 낼 수 없다
땅에 맞닿는 순간
비로소 빛을 발산한다

빛나는 모든 물체는
혼자서는 빛이 아니다
그냥 타버리므로

반사 물질,
만상의 조화가

여기에 있나니

어느날,
한 줄기 빛이 내 머리에 떨어졌다
어디로 보내야 하나
내게 떨어진 빛을

# 무제 62

어제도 오늘도
유령으로 떠도는 말이 많다
내일, 말이 말 안 되는
세상일까 두렵다

말이 물이 되어
낮은 데로 흐르면
바다가 되고

말이 불꽃 되어
활활 타버리면
잿빛 화석을 남기리

어제 태어난 말
말이 말이 안 되어
유령으로 떠돌아

이 세상
침묵의 그늘로 덮여
말이 씨가 마를 터

바람아 품에 안고
원시림 깊숙이
정화조에 넣어다오
안 되는 말을

말이 말끔히 씻겨
밝은 하늘이 되는 날
태양은 빛나고

늘 보름달이리
이해 한가위에는
말 안 되는 낭비가 줄었으면

# 무제 63


캄캄한 밤하늘에서 별이 떨어진다
어두운 밤하늘에서 별똥별이 떨어진다

별과 별똥별은
한통속이거늘

우매한 두 사람 다르다고 우긴다
화합점은 무한대

잔망스러운 형태, 민망하다

먼 훗날에도
한통속의 별을 갈라놓아

그들의 마음은 폐허로 변하고
별과 별똥별은 외로워

그들에게 떨어진다
한통속을 한통속이라고 말할 때까지

그리하여 세상사는
어지러운가, 소삽한 것인가

# 무제 64

바람이 내게 다가와 물었다
영욕을 던져버렸느냐고

바람이 나를 떠나며 말했다
그림자마저 지우도록

나는 벼랑 끝에 서서
왜, 왜냐고 질문을 던졌다

그때부터 생각이 깊어져
나를 찾아 바람의 뒤를 쫓았다

# 무제 65

반지하 창문 쇠창살 사이로
하얀 목화송이에 박힌
초롱초롱한 눈
토종 진돗개 새끼 앙증맞다

다가가 수작을 걸어볼 요량으로
성큼 첫발을 떼어놓자
활짝 웃고 내게로 다가왔다

두 발짝 떼어 다가갔다
천연덕스럽게 웃는 인형

사랑스럽고 아름다운 사물은
생명이 숨 쉬는 걸 알았다

# 무제 66

떨어지는 낙엽,
만 장의 편지를 띄워본들

만추의 만상萬想의
허허로움을 달랠 수 있으랴

가슴앓이하는 이 마음
들국화 한 송이

스산한 바람에
중심을 잡아

만감을 달래주는
황혼 녘의 만심환희滿心歡喜

덩두렷 보름달을
기다리게 하네

시월상달

# 무제 67

무슨 생각이 저리도 깊을까

추수 끝난 논두렁
흰 두루미 셋
외다리로 서서
머리를 빈 논바닥에 떨구고 있다

살금살금 다가갔다

좍 편 여섯 날개의
비상 직전

걸음을 멈추었다

날개를 접은 흰 두루미
머리를 숙인다

잠은
비상의 꿈이었던가

# 무제 68

세상사 빤한 날 없이
시끄러운 판속

먼 데 손님 본체만체
가까운 손님 왁자지껄

까마귀 떼인가 봐
인간사는 한통속

자기 앞가림 하나로
사방에 장벽을 쌓고는

물이 거꾸로 흐르는 날의
헌사를 위하여

오늘도 내일도
물대포를 쏘는

거기 어디인가
참 참 참

물은 자연스레 흐르고
말은 순리대로 남는다

# 무제 69

또르르 또르르 또르르
산사의 목탁 구르는 소리

다람쥐와 청솔모
나무와 나무 사이 뛰어넘어
숲 속으로 달리고

시퍼렇게 날 선 햇살
숲 속으로 스며들어
평화의 광장을 여는

늦가을
숨가쁘게 달려온
한 해
빈손인들 어떠랴
오색 단풍 떨어져
땅을 휘감친들 어떻고

동녘에
만상萬像의 꽃
붉은 햇살 퍼져
온 세상 다독이고
날마다 어루만지거늘

좁쌀은 좁쌀을 품는
세상이라고
야살은 그만 떨고
바로 설 일이다

# 무제 70

더러움은 명사,
더럽다는 형용사다

내 선배는 더럽다를 부사로 활용한다

좋거나 기쁠 때는 쓰고
슬플 때는 쓰지 않는다

꽃을 보면 더럽게 아름답네
얼굴이 고운 여인은 더럽게 이쁘네
누군가의 경사에는 더럽게 좋네
음식을 맛있게 먹고 나선 더럽게 배부르네
슬픈 일을 당하면 제기랄 하고 만다

말은,
하는 사람의 품격을 나타내는지
품성을 말하는지

내 선배는

충청도가 고향인 선배는
할머니가 물려준 유산, 더럽다를
버릴 수 없어 더럽다고 한다

내 선배 오지랖이
하늘을 덮고
땅으로 통하네

더러움이 더럽게 좋은 선배

# 무제 71

이 세상 쏟아낸 말들
먼지가 되어 떠돌다가
폭풍우 되어
우렛소리 요란한
말폭탄으로 터진다

말이 세상을 구했다
하거늘
요즘 세상 말은
건설적인가
파괴적인가

핵을 두고
벌이는 날큼한 말들
터지기 전에
등골 쑤시네

# 무제 72

잘 익은 팥배 열매
늦가을 이슬비에 젖어
영롱한 구슬 물고
침묵의 말을 빚고 있다

햇살 한 모금 머금고
붉은 입술 열까 말까
황홀한 팥배 열매
홍보석 말을 잉태한 채

말이 보석 되어
이 세상 비출 때를 기다리네

# 무제 73

제주도에는 바람이 많아
시詩가 고이지 않는다

제주도에는 돌이 많아
음악이 흐름을 멈춘다

제주도에는 여자가 많아
그림이 그려질 수 없다

제주도는 다무도多無島인가
무다도無多島인가, 제주도는

# 무제 74

활엽수, 높은 가지에서
낙엽이 떨어지며 해를 가린다

바람 불어 낙엽 흔들리고
해는 제자리를 찾는다

해보다 먼 하늘
손바닥으로 하늘을 가린다는

말, 알 듯 모를 듯
쨍한 어느 날의 기상도

# 무제 75


시간의 상처
가혹한 흠집
굽은 등의 사람


세월 느려
세월의 약 더디고


늘 다니던 길
당최 짚어지질 않아
땅이 머리 위에 있네


삭신이 무너져 내려
드러누운 땅
어질머리로 맞아


시간도 세월도 멀리 보내는
허수아비 한평생

# 무제 76

숲 속
바람 불어
오색으로 물든 나뭇잎
가랑비로 내려 쌓이고

무심코
뒤돌아보니
숲에 구멍 뚫린 길
보이고

올려다본 하늘
창공이 뻥 뚫려 있는데

무엇을 해야 좋으냐
다가오는 내일을 맞이해야 하거늘…

행복이 부푼 만추
풍선 터질까 두렵다

# 무제 77

키 큰 것과
키 작은 것을
나란히 세울 것인가

폭이 넓은 것과
폭이 좁은 것을
나란히 펼쳐놓을 것인가

시간 오고
세월 가는 걸
보는가 느끼는가

구름 흐르며
뭉치기도 하고
흩어지기도 하는 것

구름의 뜻인가
하늘의 뜻인가

알지 못하거늘

사물을 세우지도
넓히지도 않는 것
평화일진대

어이하여 진로를 막고
끌어내리고 치켜세우느냐
그리기에 세상은 아수라장
햇빛 쨍한 날
비바람이 부는 날
사람이 할 일은

아무것도
없는데
더하고 빼고
물 흐르듯 될 성싶은가

# 무제 78

귀가 내는 귓소리를
귀가 듣는다
신기한 일이다

입이 내는 입소리를
귀가 듣는다
기이한 일이다

시시각각 움직이며
내는 마음의 소리
들을 기관 없어
소리 없다

닫힌 마음으로
부르는 사랑 노래
듣고 소리 낼 곳 없어
아름답구나

침묵의 고통
온몸으로 타 흐르는
저녁놀이 위대하다

# 무제 79

그을음은
타버린 불꽃의
그림자다

생명을 태워버린
불꽃의 난무
영혼을 집어삼켜
벽화로 남았다

갇힌 영혼의 그림자
헤어날 길 없는 잿더미

화마는 영혼마저
가두는
그을음의 무덤이다

# 무제 80


여자의 밥그릇은
둥글지 않다
사각이다

모서리마다 뿔이 돋은
사각

뿔을 둥그렇게
긁어 먹어도
삼시 세끼 돋아나는 뿔

여자의 밥그릇은
둥그렇지 않다, 결코

# 무제 81

하늘을 틔워오던
한 가닥 빛이
안간힘으로 영롱한
물방울 한 알
지평선으로 힘껏 던졌다

또르르 구르며
허공에 부딪혀
비명을 지르던 물방울

지평선에 무지개로 떴다
일곱 색깔의 아이들을 거느리고

비 온 뒤의 색상
꿈으로 엮어진다면…

4부

겨울

# 무제 82

큰 것과 작은 것을
한곳에 놓고
어울린다 하고

둥그런 것과
각진 것을
한데 섞어놓고
조화롭다 한다

예술의 지극히
주관적인 해석
감상의 주체인가

서툰 해설
우매한 예술 마당

어지러운 시야
길이 아닌 길이다

# 무제 83

하늘이 눈 시리도록
푸르른 날, 그
속마음이 그리워
울고 싶다

숲이 푸르러 내
속마음을 들킬까 봐
그 속에 안겼다

그리움의 눈물은
내 그림자 눈에 밟혀
까무스레 멀어져 갔다

어디선가 아스무레
흐르는 아리랑 선율
그리움에 까무러쳐
이를 깨물었다

그리움은 그리움의
동심원
하늘과 숲이
낯간지럽다

# 무제 84

빛에 그림자가 없다
죽은 빛은 아니다

빛이 터진다
난다, 뻗친다
돌아갈 곳 없는 빛
쉼 없이 흐느끼듯
멈추면 굳을 듯 흐르는
빛에 그림자가 없다

그림자 없는 빛
세상은 그 빛에 취해
제 그림자를 잃은 지 오래다

빛과 그림자,
완벽한 조화

빛이 그림자를,
그림자가 빛을 잃어
조화가 깨지고
세상은 소리 가득한
무질서의 환상 속,
그 속에서 외롭다

빛이 무너지고 있다

# 무제 85

이파리 갓 눈 떠
카랑카랑한 빗물
시원시원 머금어

흰 매화
노란 산수유
어우러져
제 갈 길 여는가

겨우내
휴식이 버거운 새
봄소식 알리려
목이 잠겼다

자고 나면
터지는 꽃
무거운 땅
두터운 하늘

# 무제 86

생명,
어디서 와서 어디로 가는가

땅 끝에서 와서 하늘 끝으로
하늘 끝에서 와서 땅 끝으로
오고 가는가

우주는
떠도는 생명체의
영혼의 무덤

별 하나
낯가림이 심해
떠는 반짝임

# 무제 87

늙는다는 것
눈·귀·코·입
구멍의 기능이
약해지는 것

나이 든다는 것
지구의 중심축에서
멀어지는 것

발걸음 헛디뎌져
뒤뚱거려지는 것

나이 먹는 것
해갈이를 할 수 없어
역순이 안 된다는 것

도로 한 살이 될 수 없어

두 자리 수가 세 자리 수를 향해
다리 셋으로
힘겹게 다가가다가
멈추는 것

누구의 뜻이냐
알 수 없어 가보는 것

어쩌면 뜻이 있어
가보는 것

# 무제 88

꽃샘추위가
아직 잠복해 있건만

매화 산수유는
이미 져가고

개나리 진달래
노랑·빨강 물감을
산야에 휘갑치고 있네

꽃이 다투어 피는 건
시기의 산물인가

담장 안
키 멀쑥한
목련나무 가지마다
열린 수줍은 봉오리

하마 열리는 날
세상은 우아한 아름다움
질투의 화신인가

답을 찾아 벌판에 섰다

아지랑이 속
어른거리는 답
찾지 못하고
비틀거리는 화창한 봄

# 무제 89

눈 깜짝할 사이
꽃은 피고

잠든 사이
꽃은 진다

오고 가는
생명에
시간은 없고
아름다움과 추함만이
남을 뿐

# 무제 90

필 때는 우울하고

피어서는 화사하고

질 때는 쓸쓸하다

이게 어디 세상 탓이랴

그렇다고 제 탓이라고?

유무용有無用의 세사世事일 터

# 무제 91


해꼬리가 길어지고
밤에 샛별
일찍 뜨는 날
꿈도 짧아
단꿈이겠지

'봄이 왔다'
평양 간
남한 가수
북한 가수와 한 무대에서
단꿈을 꾸었다

해꼬리가 짧아지고
밤에 샛별
늦게 뜨는 날
꿈도 길어
용꿈이겠지

'가을이 왔다'
서울에 온
북한 가수
남한 가수와 한 무대에서
용꿈을 꾸려나

꿈이 꿈 되지나 말 일이다

# 무제 92

봄이 기울고
꽃이 졌다
청춘은 가고
아름다움 머문 자리

씨앗 집 짓고
물을 기다린다

목마른 샘 없고
갈증의 물은 흐른다

이 세상 가고 없는 것
있다가 사라지는 것
없고 있고, 있고 없고는

온 누리의 품 안
생사의 뜻 아닌
기억의 주름인 것을

허상에 울고
진리에 속고
의리를 세워
칼날을 벼리는 일

숨 한 번 쉬고
두 걸음 기는 이치

아는가,
깨우침 잃은
인간사 지옥일세

행복은 두엄자리에 핀
독초 같은 걸
모르는가
외면하는가

# 무제 93

봄에 눈꽃이
두 번 내려 쌓인다
벚나무와 아카시나무
눈꽃이다

겨울 눈은 차갑다
밟으면 서걱거린다
깨진 유리 조각 밟듯
소름 돋는다

눈꽃은 부드럽다
밟으면 꽃들의 숨이
멎을까 봐
보고만 있어도 눈부시다

차가움과 부드러움 상극과 상생이 아닐는지

새삼 자연법칙이
생각나는 건
눈꽃보다 겨울 눈을 닮은
마음들이 늘어나는 것 같아서…

자연 극복이 아닌
정복이란 말이
두렵고 무섭다

# 무제 94

하얀 벽에
내 사진과 벽시계가
나란히 걸려 있다

시계가 내 사진보다
위에 걸려 있을 때
시간은 늘 자정이었고

시계가 내 사진
아래에 걸려 있을 때
시간은 늘 새벽 4시였다

나와 시계가
나란히 걸려 있을 때
시간은 일정치 않았다

시간은 움직이지만

멈춰 있고
나는 거기 있지만
늘 움직인다

# 무제 95


부처님 오신 날은 가고
줄에 매달린 연등은 꺼져
거두어진 사찰 담장에

빈자의 등만 한
장미꽃 송이 피어나
긴 담장을 덮고

햇볕 따가워
땅을 달궈
장미꽃 송이 불을 뿜는다

빨갛게 달아오르는
5월은, 16·18일이
속박이로 틀어박혀
슬픈 신록의 계절

# 무제 96

꽃동산 꽃들이
조화造花로 보일 때가 있다

여백 없이 꽉 찬
꽃들의 향연에
정녕 향기가 넘칠까

꽃이 꽃답고 아름다운 건
여백을 두루 갖추어서일까

여운이 남지 않는
향기로운 꽃이
조화로 느껴질 때가 있다

함부로 감탄할 일이 아니다
여백을 동반한
여운이 남는 꽃동산이 보고 싶다

# 무제 97

여보게,
사람이 열 번 된다는 말
참말일세
변한다는 말은 아닐세

한두 번은
어린이 적
됨이지
여덟아홉 번은
어른의 됨이고

됨은 독립된 말이
아닌 품일세
됨됨이로 가는 품

열 번째 됨은
깨우침일세

깨우침은 죽음과
동의어

죽음에 악인은 없다네

여보게,
됨의 길을 찾아 나서게나
더 늦기 전에

그리하여 열 번째는
됨됨이로 남게나

# 무제 98


눈에 힘을 준들
닫힌 창공 보일까

귀 쫑긋 세운들
서슬 푸른 말 들릴까

목울대를 세운들
고운 말을 꺾을까

빈 몸뚱어리
다 내주고픈 천공天空 있어

반나절 품 팔아
하루를 버티는 삶

공교로워라
가파른 연치年齒의 계단

심향心香을 뿌리며
길 떠나는 날 바라리

# 무제 99

고독이 외로움을
업고 오고

외로움이 고독을
손잡고 간다

심연이 그리워
부유하는

섬

# 무제 100


폭염에서
대마 냄새가 난다

생물은 시들시들
주저앉는다

지구촌은 시방
대책보다 단속하다가 혼절한다

늘 그대로다
단속이 만병통치

날 선 권력은 나라를 망치고
우매한 통치는 목숨을 앗는다

# 무제 101

부부는 무형無形의 사슬

이 세상
제일 가까운 사이였다가
가장 멀어질 수 있는 사이

하지만 평생
잊을 수도 지울 수도 없는 관계

# 무제 102

세상에서 가장
헐벗은 숲을 보았다

외면할 수 없어
숲 속 깊이 파고들었다

원초적 본능,
눈뜬장님의 나라

비로소 행복의 비명 소리
들리는 숲 속의 속삭임

# 무제 103

네가 보는 것
네가 듣는 것
네가 느끼는 것

그 아무것도 나는
모른다

손을 잡으면 따뜻한데

눈에 안 보이면 잊고
소리 들리지 않으면 모르고
통하지 않으면
꽉 막힌 절벽

그저 보이지 않는
통 안에서
부딪고 보대끼며

아는 척 모르는 척

탈출을 모색하는
옹색한 존재

인간아, 인간아
무얼 누구에게
으스대니 응?

하, 답답다
홀로 선
너와 나
갈 곳은 어디?

# 무제 104

보이는 사물마다
말을 걸고 싶은 날이 있다

그런 날
눈을 감고 귀를 기울인다

자연의 소릴 들으려고

들리는가?
들으려고 들리는 소리는
소음

보이는가?
보려고 보이는 건
허상

마음속 가꾼

자연만이
살아 있다

이 세상
바람은 하수상하고

# 무제 105

무겁거나
가볍지도 않다

모나고
각지지도 않다

그렇게 되려고
아등바등하다가

둥글게 되어
땅 위를 구르다가

미지의 하늘
나들잇길을

썩 팔자 좋은
나그네로 떠난다면

# 무제 106

세월은 세월이기에

가는 길은 뚫리고

오는 길은 무한하다

값비싼 대가다

한가위 보름달만큼

# 무제 107


아름다움 찾아
우주로 떠난 소녀

비 내린 뒤
햇살로 돌아와
숲 속에서 헤살 부리네

맑고 푸르름보다
청징한 아름다움
또 있으랴

소녀의 햇살 같은
웃음꽃 피어나
천지에 퍼지네

물기 번져 이파리
반들거리는
소녀의 숨결과 함께

# 무제 108

임종이었네

벼랑 끝에 엎딘

늙은 거북의 눈물

세 줄 기쁨으로 시작
세 줄 임종으로 끝난 목숨
그 사이 한 줄의 생명


시는 번뇌를 극복하기 위한 음률일까.
시는 언어에 대한 최상의 헌사인 감정의 축약일까?
이성의 자유를 상징하는 화관花冠일 수도… 영혼을 흔드
는 사랑일 수도….
그걸 모르니 자꾸 써보는 것.


시에 제목이 꼭 필요할까? 제목 대신 번호를 붙여 시의
내용과 외형을 넓히고 좁히는 것도 시를 대하는 한 방법이
아닐까 싶다. 시는 대상보다 무한대한 상상의 산물이므로.


−2020년 4월
최범서